Copyright:	1992 Standaard Uitgeverij, Antwerpen/Distr. Bulls Pressedienst, Frankfurt
Herausgeber:	Norbert Hethke Verlag Postfach 1170 6917 Schönau Tel.: 06228 / 1063
Erscheinungsweise:	dreimonatlich

ISBN 3-89207-574-3

...die ihren Herrn entführt haben. Aber die Spur endet an einem Fluß.

Deshalb läuft sie nun der Wagenspur nach, in der Hoffnung, auf Menschen zu stoßen.

Beim Anbruch der Nacht sieht Bessy, daß die Wagenspur in einem Wald verschwindet.

Bald findet sie den Wagen zwischen den Bäumen versteckt. Da...

...knacken unter ihr trockene Zweige.

Sofort erscheint eine dunkle Gestalt zwischen den Sträuchern und hält Ausschau.

Bessy hat Angst vor dem Gewehr, das im Mondlicht blitzt. Doch die Sehnsucht nach Menschen treibt sie vorwärts.

Zu ihrer großen Überraschung stellt sie fest, daß die Wageninsassen Kinder sind.

BESSY in Tekontas auf dem Kriegspfad

Aus Lake City, einem Städtchen in Nordamerika, sind die meisten Einwohner fortgezogen. Unterwegs nach dem Wilden Westen wird ihr Treck vom Indianerstamm der Tekontas überfallen. Andy ist zufällig mit Bessy nach Lake City gekommen. Nun reitet er als Späher los, fällt aber in die Hände der Indianer. Bessy wurde durch einen Schlag mit dem Tomahawk betäubt und rettet sich zu einem versprengten Wagen des Trecks. Er ist nur mit Kindern besetzt. Ein Mädchen verbindet Bessys Wunden und erzählt ihre Erlebnisse.

Wir wollten zum Treck zurück. Von einem Hügel sahen wir, wie die Indianer den Treck angriffen.

Die Wagen waren im Kreis aufgestellt und die Pioniere verteidigten sich hartnäckig. Es gelang den Rothäuten nicht, ...

...den Kreis zu durchbrechen oder den ganzen Treck in die Flucht zu treiben. Ich habe gesehen, daß die Indianer ...

Vor allem darauf aus waren, Gefangene zu machen. Die nahmen sie dann mit. Ich bin sicher, daß meine Eltern noch leben und will nicht zur Stadt zurückkehren, bevor ich nicht eine Spur von ihnen gefunden habe.

Du wirst es mir vielleicht nicht zutrauen, aber ich setze alles daran, unsere Eltern wiederzufinden. Du bist jetzt einer von uns.

Das Mädchen schläft schluchzend ein. Bessy hält Wache. Sie hat ja ihren Herrn verloren. Darum braucht sie andere Menschen um sich.

Auch sagt ihr eine innere Stimme, daß die schwachen Kinder ihre Hilfe dringend nötig haben.

So beginnt für Bessy ein neues Abenteuer. Es ist eng mit dem Schicksal von Marjorie verbunden. Die hat für ihr Brüderchen Jerry, ihr Schwesterchen Olivia und die kleine Betty zu sorgen. Als einzige Waffe haben sie ein uraltes Gewehr und einen komischen Colt. Mit zwei Pferden und wenig Vorräten haben sie nicht viel Aussicht, das Abenteuer zu bestehen.

Am nächsten Morgen wird aufgebrochen.

Jerry, geh Wasser holen! Bessy soll mit.

Meinst du, ich brauchte deine Hilfe, du großes Biest? Wo ich doch den Colt habe!

Aber den Indianern steht jetzt der Sinn nicht danach, zu schießen.

Hurra! Wir sind gerettet! Stimmt's, Marjorie?

Nein, ganz noch nicht. Wenn sie stromaufwärts gehen, finden sie bald eine Stelle zum Durchwaten.

Die Aufregungen des Tages haben Marjorie überanstrengt. Sie muß anhalten.

Ich kann nicht mehr!
Du warst ganz groß, Marjorie! Ruh dich aus, wir können ja später essen.

Das geht nicht, Jerry! Ich muß die Pferde versorgen und die Kleinen füttern. Wenn Vater und Mutter nur sehen könnten, wie mutig du bist!

Die Flüchtlinge schlagen ihr Nachtlager unter einer Felswand auf. Trotz ihrer Müdigkeit übernimmt Marjorie die Wache. Als sie ...
... vom Schlaf übermannt wird, löst Bessy sie ab. Sie knurrt leise, wenn in der Ferne die Präriewölfe heulen.

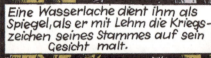

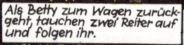

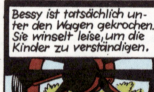

Copyright:	1992 Standaard Uitgeverij, Antwerpen/Distr. Bulls Pressedienst, Frankfurt
Herausgeber:	Norbert Hethke Verlag Postfach 1170 6917 Schönau Tel.: 06228 / 1063
Erscheinungsweise:	dreimonatlich

ISBN 3-89207-574-3

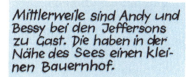

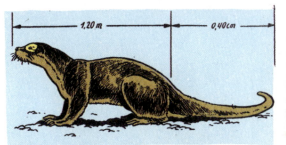

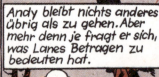

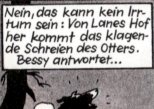

Vergnügt machen sich die beiden zu einem nächtlichen Spaziergang auf. Sie gehen Seite an Seite.

Die Waldbewohner sehen diese ungewohnte Freundschaft voller Verwunderung.

Am See treibt der Otter sein Lieblingsspiel und rutscht den Hang hinab ins Wasser.

Er fordert seine Freundin auf, mitzumachen. Aber Bessy hat für ein kaltes Bad nichts übrig.

Das paßt dem Otter nicht. Er stößt Bessy mit seinem Schwanz ins Wasser.

Über dem Spiel vergeht die Zeit. Auf einmal hört Bessy Schritte.

Bessy hat das Gefühl, daß sie etwas getan hat, was den Menschen nicht paßt. Sie versteckt sich. Der Otter schwimmt fort. Am Ufer erscheint Jo.

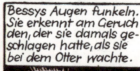

Bessys Augen funkeln. Sie erkennt am Geruch den, der sie damals geschlagen hatte, als sie bei dem Otter wachte.

Die Gelegenheit ist günstig. Mit einem Sprung stößt sie den Bengel ins Wasser.

Dann läuft Bessy zu den Jeffersons zurück. Jos wütendes Geschrei tönt noch lange hinter ihr. Sie ist vergnügt. Sie hat ihren Spaß gehabt.

Anderen Tags ist Bessy von ihrem Ausflug noch so müde, daß die Kinder meinen, sie wäre krank.

Nein, Kinder, sie ist heute nacht 'rumgestrolcht. Ihre Pfoten sind voller Schlamm. Wir sind aber für sie verantwortlich. Ich muß sie also einsperren, bis Andy zurückkommt.

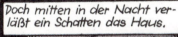

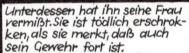